JAMIN GASTINEAU

LA

COMÉDIE SOCIALE

AU DIX-NEUVIÈME SIÈCLE

La Vie en rose et en noir. — Les Faiseurs. — Les Enterreurs. — La tribu des Désespérés. — La Loterie sociale. — Le Siècle du Suicide.

—

PRIX : UN FRANC

PARIS
DENTU, LIBRAIRE-ÉDITEUR
DE LA SOCIÉTÉ DES GENS DE LETTRES
Palais-Royal, galerie d'Orléans, 13 et 17
—
1862

LA COMÉDIE SOCIALE

AU DIX-NEUVIÈME SIÈCLE

12,669 — Abbeville, imp. R. Housse

BENJAMIN GASTINEAU

LA

COMÉDIE SOCIALE

AU DIX-NEUVIÈME SIÈCLE

La Vie en rose et en noir. — Les Faiseurs. — Les Enterreurs. — La tribu des Désespérés. — La Loterie sociale. — Le Siècle du Suicide.

PRIX : UN FRANC

PARIS
DENTU, LIBRAIRE-ÉDITEUR
DE LA SOCIÉTÉ DES GENS DE LETTRES
Palais-Royal, galerie d'Orléans, 13 et 17

1862

LA COMÉDIE SOCIALE

AU DIX-NEUVIÈME SIÈCLE

CHAPITRE PREMIER

LA VIE EN ROSE ET EN NOIR

« Le malheur, c'est d'être né. »
(SHAKSPEARE.)
« Le bonheur, c'est de vivre. »
(VOLTAIRE.)

Chacun a son prisme. Il n'est pas deux êtres qui voient le même objet sous le même aspect. Cette diversité d'aperceptions provient plutôt de l'imagination, la folle du logis, que du cristallin et de la pupille.

Lè monde est pour nous le pavillon chinois d'un jardin anglais aux vitraux coloriés. — Par le vitrail rouge, les passionnés, les excessifs, les poètes, les amants, voient la nature en feu et tous les cœurs enflammés ; — par le gris, les hommes positifs perçoivent le côté terne des objets; — par le vert, les humains s'encouragent à l'espoir; — par le noir, les pessimistes, les philosophes, les raisonneurs voient les petitesses des grands hommes et le squelette des passions; enfin, par le rose, les optimistes contemplent ou exagèrent le côté brillant des choses.

Or, notre héros, Albert le poète, regardait par le vitrail rose de son pavillon chinois. — Radieux comme l'aurore, il chevauchait dans le chemin creux que remplissaient encore les ombres de lá nuit. Les soubresauts d'une capricieuse fantasia lui faisaient découvrir une colline, un bois, un vallon éclairé par les lueurs vermeilles et nacrées du matin. Les yeux ravis, le cœur enivré, il montait vers la lumière qui se jouait sur le sein de la terre, la colorant et dévoilant indiscrètement ses charmes, semblable à l'amant dont les paroles ardentes empourprent les joues pâles de la fiancée.

Pourquoi était-il si heureux, le poète Albert ? On ne sait pas. Le bonheur, sylphe ailé qui s'évanouit au contact de la main et de l'analyse, se sent et ne se décrit pas. Voulez-vous pourtant une explication quelconque? Il était heureux, parce que son cheval scandait bien sa marche, en dansant sur le chemin ; il était heureux, parce que la brise embaumée et l'aube ensoleillée caressaient son visage et son regard, parce qu'il avait vingt-cinq ans, qu'il était beau garçon, et que son cœur avait une longue course d'amour à fournir.

Dans l'irradiation de sa joie, Albert répondait par de bonnes paroles à tous ceux qui le saluaient sur la route ; jetant sa bourse au mendiant, le baiser à la la follette du village, mendiante d'amour; prédisant le glorieux avenir au conscrit qui allait défendre son pays ; souhaitant à la blanche fiancée le bonheur calme du foyer, avec le cortége des chérubins aux boucles dorées, le fruit des épouses et les délices des mères ; au chasseur, la bonne rencontre de la biche dans la retraite du bois, au bord de la source mélodieuse; au bachelier, les sourires spirituels et aimants des belles mondaines ; au séminariste fraîchement tonsuré, les extases, les adorations mystiques des vierges cloîtrées ; au poète, le chant créateur qui fait trembler les tyrans sur le piédestal de leurs crimes, vibrer les foules, rêver les amoureux, battre les cœurs des femmes ; à tous, les destins prospères.

« Allez, mortels heureux, s'écriait Albert, rayonnez, aimez, chantez. La vie est une gaze légère tissée de soleil et d'amour, belle à l'aurore quand elle se lève sur son lit de rose, belle à l'heure du midi quand elle incendie le ciel et qu'elle passionne la créature, belle encore quand elle s'étend voluptueuse et s'éteint doucement sur sa couche de pourpre. O mortels immortels ! la nature chante votre grandeur, votre félicité ! Homme! quand tu passes, les fleurs naissent sous tes pas comme les formes gracieuses dans le cerveau créateur ; la terre se couvre de moissons, quand tu lui ouvres le sein ; la femme te rend le paradis, quand tu l'aimes ; la mer chante une délicieuse barcarolle autour de ton esquif, qnand il cingle vers les nouveaux mondes. Vivez dans le bonheur et dans l'enthousiasme, mes frères et sœurs. Toutes les harmonies vous entourent, toutes les félicités, tous les parfums vous pénètrent. La vie est une douce mélodie, un saint cantique à Dieu qui monte sur l'échelle de Jacob de la terre aux cieux. »

Albert accompagnait ainsi de ses vœux enthousiastes les voyageurs de la route ; puis, ne pouvant plus longtemps supporter l'allure calme de son cheval, il lui fit prendre le galop à travers champs. Mais vallons et collines, bois et montagnes sautèrent en croupe pour retenir et étreindre le poète; la brise parfumée du matin lui caressa, avec tant de suavité, le visage, que, succombant aux énervantes caresses de la nature, le cavalier dut mettre pied à terre pour laisser soufler et son cœur et son cheval.

Albert se trouvait dans un vallon dont l'ovale émeraudé était formé par les taillis d'automne aux teintes rousses. Il s'abandonna aux rêves, les reins reposés sur les fleurs, l'âme et le regard au ciel. Toutes les visions de la vie heureuse prirent corps dans l'azur de l'espace sous le coup-d'œil enchanteur de son imagination charmée. Passant d'une joie à une autre, il se vit acclamé et porté en triomphe par une armée victorieuse, entouré des sourires enivrants, des attitudes gracieuses d'une troupe de nymphes au corps dessiné par la tunique de lin. A la tête d'une foule frémissante, il renversait la Bastille du despotisme et plantait sur ses ruines le drapeau de la liberté ; après le combat, le festin bruyant qui stimule les sens par les vins généreux, ouvre les sources de l'enthousiasme par de fastueuses déclarations d'amour et d'amitié que rhythment et couvrent les symphonies de l'orchestre.

Albert voyait défiler devant lui la procession des

heureux : savants ravis d'avoir trouvé une vérité; artistes, une forme pure ; amants, des noms dans le bleu enlacés tendrement comme des lianes ; amis se donnant la main, mères joyeuses embrassant leurs enfants, citoyens et frères unis par la même religion, par les mêmes aspirations, par les mêmes sentiments d'un réciproque dévouement.

C'était le tableau de l'âge d'or, peint par Breughel de Velours, dans lequel les tigres folâtrent avec les agneaux, les lièvres avec les panthères, devant Adam et Eve, avant la chute, qui effleurent de pas aériens les sentiers inviolés, dont les yeux s'ouvrent sur des perspectives célestes et sont réjouis par une lumière immaculée, que n'a pas encore souillée la nuit.

Clio se présenta à son tour devant le visionnaire, entourée des grandes figures de l'histoire qui personnifiaient les beautés, les héroïsmes de chaque siècle. Albert sentit son cœur s'enorgueillir à la vue des hommes animés de l'amour de la patrie, du bien public, de tous les citoyens qui s'étaient dévoués à leurs pays, soit en tombant sur les champs de bataille, soit en l'éclairant aux lumières de leur intelligence ou en la réchauffant à la flamme de leur cœur. Après la troupe sacrée des héros, lui apparurent les saintes femmes : les Cornélie, les Madeleine, les Valentine de Milan, les Héloïse, les Jeanne d'Arc, les anges, les consolatrices, les sourires, les rayonnements, les grâces et les délectations du monde.

Albert avait l'âme suspendue à ce sublime spectacle des beautés et des vertus du genre humain qui l'entouraient, lui souriaient, lui tendaient les bras, lorsque son cheval, fort inquiet, sans doute, de voir son maître dormir si longtemps, le réveilla en sursaut en lui donnant un violent coup de tête. Le rêveur se leva tout d'un coup, comme s'il eût été mû par quelque ressort. Il regarda autour de lui. La forêt était silencieuse, la nuit s'avançait rapide, une armée de nuages noirs refoulaient au fond de l'horizon le dernier crépuscule qui s'éteignait dans le sang. Au ciel opale, aux anges blonds, aux perspectives azurées du rêve, avait succédé la réalité sombre. Albert sortit triste de la forêt, il pressentait qu'une grande douleur morale allait frapper son cœur encore emparadisée par les belles visions évanouies. Autre mauvais présage : son cheval se cabra, effrayé, près d'une croix de bois sur laquelle tombaient les lueurs sanglantes du crépuscule.

Au cimetière de l'église, en pleine campagne ou au détour du chemin, lorsque vos yeux se sont attachés au Christ, ne vous est-il pas souvent arrivé de songer à toutes les douleurs, à toutes les misères répandues sur la terre? Par les yeux de l'imagination, n'avez-vous pas vu à la droite et à la gauche du Christ, des milliers de croix sur lesquelles étaient cloués vos frères, pendant que vos sœurs pleuraient et priaient au pied de leurs calvaires? Alors vous avez oublié vos mécomptes, vos tritesses, vos blessures, vos souffrances personnellés pour ne penser qu'à celles d'autrui. Vous vous êtes plongé dans l'Océan amer. Les martyrs de l'existence vous sont apparus aussi nombreux que les grains de sable du désert, et vous avez compris pourquoi l'humanité adore la douleur depuis dix-huit siècles : car, suivant la parole de la Bible, elle est le fond de la vie.

Telles étaient les impressions ressenties par Albert en face de la croix dont les deux bras, indéfiniment prolongés dans l'espace, étaient chargés de cadavres.

Au pied de la croix se tenaient agenouillés les déshérités de la nature, les infirmes, les femmes laides, les esclaves, les pauvres en haillons, les idiots, les malades au visage livide, tous les misérables, tous les naufragés, tous les échoués, tous les affligés qui faisaient une douloureuse symphonie de leurs plaintes et de leurs sanglots en implorant du Christ une consolation que le monde leur avait refusée.

L'allègre troupe qu'Albert avait saluée le matin sur

la route lui apparut désolée. Le soldat revenait mutilé et vaincu, le chasseur las et bredouille, le poète désillusionné, la vierge en deuil, l'épouse trahie, le jouvenceau grondeur et cacochyme, la jouvencelle édentée et sans cheveux. L'escorte de cette troupe était formée par Brutus, le roi Lear, Alceste, Hamlet, Faust, Werther, don Juan, Lara, Manfred, René, Obermann. L'un de ces immortels désespérés s'arrêta près d'Albert et lui dit d'une voix qui semblait sortir d'un abîme :

« La vie est un mensonge qui ne peut pas remplir une grande âme le laps d'une journée. On avait rêvé le beau, et l'on s'est heurté au laid ; on avait entrevu les horizons infinis, et l'impitoyable destinée vous a enfermé dans une prison ou dans une caverne ; on avait désiré l'homme grand, la femme vraie : et l'on a trouvé l'histrion soumis aux petites passions, la comédienne jouant avec l'amour ; on avait cru à l'amitié qui vous a renié au premier chant du coq ; on avait espéré vivre avec la grandeur, l'amour, la vérité, et l'on a dû subir la trilogie de la perfidie, de la lâcheté et de la faiblesse ; on s'était taillé un rôle sérieux dans le monde, on s'était dévoué corps et âme à une cause sainte : et l'on a vu la foule vous tourner le dos pour suivre les escamoteurs de la gloire et les maquignons du succès, les pierrots funambulesques de la société. L'imagination avait dicté le poème du bien, et le mal règne sur la terre... Juges-en par tes yeux. »

Albert, accablé par la morne harangue du désespéré, releva la tête. Il fut alors témoin d'un épouvantable spectacle, à imprimer la folie au cerveau le mieux organisé. Satan, au masque effrayant, entouré des péchés capitaux, des dieux idoles, de Moloch le sanguinaire, d'Astarté l'infernale divinité de Carthage, de Siva le destructeur, du monstrueux Bélial, commandait l'armée du mal. L'approche des ignobles glaça le cœur du poète. Le vice avait marqué sa hideuse empreinte sur leurs physionomies de tigre, de hyène et de reptile. En tête de l'infâme légion, marchaient, commandés par Judas Iscariote, les traîtres qui avaient vendu leur patrie à l'étranger; puis venaient les oppresseurs des peuples, les tyrans, les Néron, les Caligula, les Borgia, suivis des meurtriers, des ambitieux, des hypocrites, des lâches, des persécuteurs, des bourreaux de leurs semblables, de tous les exécrables représentants de l'humanité laide et criminelle, adorant les faux dieux, sacrifiant aux préjugés et à la sottise, primant le crime, reniant la vertu, proscrivant l'amour et la liberté, pour féconder de siècle en siècle la haine, la misère, l'avilissement des âmes. Les bandes innombrables de la légion du mal, larves du vice, squelettes du crime, ombres de l'infamie, magnétisaient à leur passage le malheureux Albert qui, espérant échapper à leur mortelle attraction, éperonna son cheval jusqu'au sang. Mais les bandes infernales, guidées par des hydres, des furies et des harpies, l'accompagnèrent dans sa course écheve-lée. Albert croyait déjà sentir sur son visage leur souffle empoisonné. Eperdu d'effroi, il enfonça ses éperons dans le ventre de son cheval qui entra dans une haute futaie de la forêt, et se brisa avec son cavalier contre un chêne. Le pauvre poète tomba le crâne ouvert au pied de l'arbre dont le bois avait été plus dur que sa tête.

Notre héros avait eu la folie de regarder trop long-temps la vie sombre par le vitrail noir de son pavillon chinois !

CHAPITRE II

LES FAISEURS

ESQUISSES CONTEMPORAINES

Balzac, à l'œil de lynx, a fixé, dans son immortelle comédie de « Mercadet », le faiseur d'affaires, l'agioteur, l'homme qui édifie des spéculations hasardées sur des mensonges, sur le retour imaginé d'un fantastique Godot. Mais l'analyste le plus profond des temps modernes, le grand psychologiste aurait pu élargir son cadre et buriner les faiseurs de toutes les classes et de toute les professions.

Il est vraiment monotone d'entendre même le marteau toujours retentir sur la même enclume; car, après Balzac, la foule des pasticheurs n'a pas manqué de chevroter sur tous les tons le refrain de sa comédie. Nous avons vu les Juvénals modernes satiriser la Bourse et les boursicotiers, condamner avec indignation l'agio, formuler l'anathème contre les faiseurs de la Bourse qui tendent aux provinciaux alléchés les filets de la nouvelle entreprise et des nouvelles actions.

Pourtant, il nous semble qu'il y avait mieux à faire que de mettre les bottes du géant et de glaner son champ si bien moissonné : il y avait à explorer le chemin où il n'a pas passé; il y avait à voir si le faiseur est une émanation de la Bourse, ou plutôt s'il ne serait pas un type du dix-neuvième siècle. Voilà, croyons-nous, la vérité.

En effet, qu'est-ce qu'un faiseur? Un « réaliste » en toutes choses, un être qui a substitué le « procédé », le savoir-faire, la comédie, l'habileté, une profonde entente des « trucs », à la vérité des sentiments, à la conscience, à la conviction, au talent, à l'honnêteté!

N'avez-vous pas rencontré ce dupeur, un peu partout, en province comme à Paris ? N'obstrue-t-il pas toutes les avenues? Cerbère à triple gueule, il lui faut son gâteau de miel ; il s'impose audacieusement en universel intermédiaire, et, bon gré mal gré, vous devez lui laisser une partie de votre laine, si vous voulez passer et arriver.

Produit direct de la philosophie éclectique, le faiseur ne voit dans l'humanité qu'une collection d'individus ballottés entre l'ignorance, l'incertitude et la duperie ; il est sceptique, non de ce louable scepticisme cartésien qui délibère, examine, doute avant de croire, mais d'un mauvais scepticisme qui nie d'emblée la vérité et la vertu. Son unique préoccupation consiste donc à tirer son épingle du jeu embrouillé des choses humaines ; il ne songe qu'à lui, rapporte tout à lui, et son égoïsme irait aisément jusqu'à anéantir le monde, si cette impiété lui était utile ou possible. Pour arriver à son but, il a rejeté les lourds vêtements qui embarrasent les lutteurs dans l'arène : réclamations de la conscience, sensibilité, sentiment du devoir, scrupules et délicatesses, autant d'hiéroglyphes dont il n'a jamais pris souci. Son habileté a le champ large et uni; point de buissons ni de hautes herbes ; elle court à l'aise, dépassant les concurrents embarrassés de réserves et de sentiments. Le monde est un ensemble d'affaires; il s'agit de s'en bien tirer et de gagner au jeu, par un moyen ou par un autre, peu importe. Le succès n'est-il pas la moralité de la fable? Inaccessible aux jouissances ineffables de l'homme qui ne doit sa position qu'à son travail ou à son talent, incapable de ressentir les émotions saintes de la lutte honnêtement courageuse, étranger aux enthousiasmes de l'idéologie, à l'élévation des âmes nobles, aux satisfactions morales des organisations délicates, le faiseur n'estime que les jouissances grossières et que le signe de ces jouissances : l'argent. Ne voulant pas demander cet argent à un effort consciencieux, à une recherche sérieuse, il supprime toutes ces longueurs et leur substitue le procédé, le savoir-faire, la rouerie.

Si bien attaché que soit le masque du faiseur, avec quelque pénétration vous le reconnaîtrez à sa physionomie composite, à son regard inquiet démentant presque toujours sa parole, à son ton maniéré, à la recherche perpétuelle des effets à produire ; — il sonne creux comme un vase vide qu'on frappe de la main. Les manières nobles et simples des gens bien élevés font de ce faux personnage la plus éclatante critique.

Vous le reconnaîtrez encore à son universalité, à son aptitude à tout être : honnête homme ou coquin, oiseau ou souris, suivant le moment, suivant son égoïsme, son éternel régulateur. Il est prêt à tout faire, à se loger dans toutes les peaux, à jouer tous les rôles, à pleurer ou à rire, pourvu que cela lui rapporte. Il fait la traite de l'humanité, cherchant toujours en elle la matière exploitable. Grâce à cette malléabilité morale ou plutôt immorale de beaucoup trop d'hommes de notre époque, on ne sait plus à qui l'on a affaire, ni sur qui compter d'une heure à l'autre; c'est l'eau qui glisse dans la main quand vous croyez l'avoir prise; c'est le vif-argent fuyant l'état stable; c'est l'anguille échappant à la nasse; c'est la ligne indécise entre l'être et le devenir. Le faiseur a tué le célèbre arlequin. Ce personnage italien, à brillantes facettes, avait au moins un caractère, des passions, des caprices, une humeur originale, un type enfin. Le faiseur, ce pierrot sans cœur, n'a pour âme qu'une table rase sur laquelle il écrit et efface incessamment.

Certes, un homme sensé ne songera pas à demander à notre siècle d'élaboration critique, de doute, de transition, les sévères lignes, les caractères, les physionomies arrêtées des siècles derniers. Mais, sans viser au moraliste, on peut à bon droit se plaindre d'avoir rencontré sur sa route trop de baudruches gonflées de vide, trop de gens qui jouent au grand personnage sans en avoir l'âme, trop de faiseurs qui se vantent de n'avoir aucune opinion, aucune système, aucune idée des principes régulateurs de l'existence, improvisant sans cesse de faux personnages, dévorant votre temps, vous harassant toujours quand il ne vous trompent pas ou ne vous volent pas. Ce type glabre, fruste, souriant, facile, coulant, du faiseur dépourvu de caractère, de personnalité, de principes, de conscience, de ressort et de relief, commence à fatiguer le public; malheureusement j'aperçois une multitude grouillante de petits faiseurs qui se forment sur le modèles de leurs aînés et attendent avec impatience le moment de leur entrée en scène.

Il n'est pas jusqu'à la langue française qui n'ait subi la pernicieuse influence du faiseur; ainsi le verbe « faire » a remplacé le verbe « être ». Autrefois l'homme se mesurait à sa foi, à ses croyances, à ses actions bonnes ou mauvaises, à sa valeur morale : aujourd'hui, on ne s'inquiète ni de ce que vous êtes, ni de vos idées, ni de vos sentiments intimes, ni de la noblesse de l'âme ou de l'élévation du caractère, mais de la quantité d'affaires et de capitaux que vous remuez ; les soucis du gain ont succédé aux grandes préoccupations de la pensée. Rarement vous entendrez dire : « Que pensez-vous de tel système, de telle opinion, de tel livre ? » « Que faites-vous ? » Voilà la question universellement posée. On a peu ou prou d'opinion, on fait de la politique ; on n'écrit plus, on n'a plus le culte de l'idée et de l'art, on fait des livres, du théâtre, des romans, des toiles, des statues, comme ce bon M. Jourdain faisait de la prose ; on n'aime plus, on fait l'amour ; on ne cherche plus à édifier sa fortune privée sur l'intérêt public, on fait de la spéculation.

De 1830 date le début du faiseur, qui, depuis ce temps, a fourni une carrière aussi brillante que rapide. Après avoir gâté la philosophie et la politique, le faiseur a vicié les lettres, les arts, l'industrie. Il est devenu le signe caractéristique du temps; et certes, ce n'est pas une tentative sans hardiesse que de chercher à esquisser ses diverses personnifications.

En thèse financière, le faiseur affirme que la science économique est vaine, et qu'il faut hardiment spéculer sur les capitaux d'autrui; en thèse commerciale, que du poison rouge peut très-bien se vendre pour du bordeaux et de la dentelle de coton pour de la valencienne; en thèse politique, qu'une conviction étant gênante dans certaines circonstances, il faut abandonner cette faiblesse aux puritains; en thèse sentimentale, que l'amitié est une chimère quand on n'en tire aucun profit; qu'il faut faire la cour à toutes les femmes, n'en aimer aucune et n'épouser que la dot; en thèse morale, que la vertu est sotte et peu récompensée en face du vice heureux; en thèse judiciaire, que celui-là seul est coupable qui est pris et condamné; en thèse littéraire et artistique, qu'avec une bonne méthode on peut chanter à l'Opéra sans voix; qu'avec des capitaux et des annonces, un journal se passe de journalistes et de rédacteurs; que romans et pièces de théâtres se fabriquent comme un patron de mode. Ces beaux raisonnements sont assaisonnés de citations empruntées au répertoire de Machiavel, de Hobbes, de Talleyrand et des incroyables. Si l'on s'avise de répliquer, les arguments, «ipso facto», vous tombent dru sur la tête. Le faiseur a le dictionnaire complet des gentillesses contemporaines. Parlez-vous politique : il amènera sur la scène M. D... qui a un passé chamarré de toutes les professions de foi imaginables, qui a pris des assurances contre toutes les révolutions. Quel que soit le gouvernement qui surgisse, M. D... l'a acclamé d'avance. En 1815, il découvrit qu'il n'avait jamais été que légitimiste; en 1830, qu'il avait le véritable tempérament politique du constitutionnel; en 1848, que la république avait toujours été son idole. Protée à mille formes, brillant Arlequin, M. D. . est toujours prêt à accepter l'événement, à en triompher par ses multiples professions de foi.

Cite-t-on des actes de dévouement de gens qui se jettent à l'eau ou au feu pour sauver leurs semblables, le faiseur ne manque pas de parler de la fortune étonnante d'un homme traînant à sa remorque, dans les salons, un individu qui racontait, avec un accent pathétique et des détails circonstanciés, comment son sauveur l'avait arraché à la mort. Mais ce n'était qu'un habile compère, partageant les bénéfices du dévouement inventé; il n'avait couru aucun danger.

Entame-t-on le chapitre des passions profondes, sincères, éternelles, le faiseur débite aussitôt ses petites anecdotes scandaleuses. Il narre, sur un rhythme facétieux, l'histoire trop connue des spéculateurs et des spéculatrices de l'amour; les dames aux camélias, les mariages à l'épervier, conclus par l'entremise d'agents matrimoniaux, dûment autorisés, qui mettent en rapport le client et la cliente; les

2.

triomphes des don Juans de chrysocale et des Lovelaces de carton pâte qui sont parvenus à surprendre le cœur de quelque veuve, de quelque riche héritière. Il cite les grands maîtres de ces supercheries de l'amour, les étrangers choyés, adorés à Paris, parce qu'ils ne sont pas français, et parce que quelques-uns s'attribuent un passé de grandeur dont on ne saurait contrôler la véracité.

Mais la verve échauffée du faiseur ne tarit plus lorsqu'il est question des lettres, des beaux-arts, de génie. Il a soupé avec les fournisseurs de toutes les entreprises dramatiques et littéraires. Il sait comment se fabriquent les grands hommes; il a les noms et le tarif de tous les « faiseurs de réputations » qui poussent et font surgir une médiocrité, tantôt par la camaraderie, tantôt par l'influence féminine, par la réclame, même par un abonnement aux affiches placardées sur les murs de Paris. Il dissèquera, l'une après l'autre, sous vos yeux, toutes les célébrités, les espionnant dans les détails les plus humbles de la vie, indiquant d'un sarcasme la partie faible de la statue, trouvant la « petite bête », recueillant le scandale, cherchant à vous prouver que les grands hommes sont des baudruches gonflées par l'engouement des sots.

Après s'être ainsi couronné d'infamies, semblable à la tête de Méduse aux serpents entrelacés, après avoir abaissé l'humanité à sa taille et fait défiler les parodistes des nobles choses dans ses périodes, le faiseur triomphe à la manière antique. Pour lui, le nombre et le succès sont des arguments sans réplique; voilà toute la force de ses étranges raisonnements. Mais que prouvent-ils contre le talent, contre la conscience, contre la véritable grandeur? Absolument rien. Nous savons, que les faiseurs de toutes classes, de toutes professions sont nombreux, si nombreux qu'on pourrait leur appliquer ce proverbe : « A faiseur faiseur et demi. » Leurs luttes intestines donneraient lieu à la plus désopilante comédie ; leurs tours de

Scapin, leurs escamotages de principes seraient assez plaisants, s'ils ne recrutaient pas dans les rangs d'une jeunesse défaillante et vieillotte qui se laisse prendre aux appeaux, à la glu des faciles succès. Depuis 1830, la troupe des faiseurs a grossi et grossit sans cesse, grâce aux oscillations de notre temps qui n'a pas encore trouvé son assiette morale. Mais dès qu'il aura fixé ses idées générales et ses sentiments, il rejettera les batteurs d'estrade de la politique, de la morale, des arts et de l'industrie; les faiseurs en tous genres disparaîtront comme disparaissent les ombres de la nuit au lever de l'aurore.

CHAPITRE III

LES ENTERREURS

« Enterrons-nous les uns les autres ! »

Jamais on n'aima tant à enterrer les gens qu'au dix-neuvième siècle, jamais il n'y eut plus d'enterreurs. Tel pauvre diable qui ne trouva pas une poignée de main sa vie durant est conduit au cimetière par une nombreuse suite qui ripaillera après l'avoir mis en terre; tel piètre capitaine a une escorte d'honneur et des coups de fusil sur sa fosse; tel mince avocat un discours de bâtonnier et une députation du Palais; tel gros propriétaire des héritiers éplorés. Il semble que la société réserve toutes ses pompes, tous ses sourires pour la mort. Quand on naît, peu d'accueil ; quand on vit, lutte acharnée ; mais quand on meurt, félicitations unanimes! Ah! si les morts pouvaient les entendre!

— Rien n'est plus agréable que d'enterrer un confrère! me disait un jour un homme de lettres, féroce enterreur et complimenteur de ses collègues défunts.

Eh bien! la société tout entière partage le sentiment de ce littérateur. Dès qu'elle est débarrassée d'un individu, elle jette des fleurs sur sa tombe. Un homme vivant est quelque chose de très-instable et de très compliqué; il peut nuire, changer d'opinion, trahir l'amitié ou l'amour, refaire son testament; mais la mort est quelque chose de simple et d'absolu. On est fixé, on n'a plus rien à craindre de l'individu, on en est débarrassé : voilà la pensée secrète des enterreurs.

J'ai presque toujours vu un corbillard suivi par les

ennemis intimes du mort; un débiteur ne manque pas d'être accompagné de ses créanciers, un mari ou un amant trompés de leurs infidèles, un homme de liberté de ses persécuteurs et dénonciateurs, un locataire de son propriétaire, un homme tué en duel de son adversaire, un artiste de ses confrères ; et de la maison du défunt à la dernière demeure, ce sont d'impitoyables « De profundis ».

Dois-je suivre ce corbillard qui passe dans la rue? dois-je saluer le vaincu de la vie, ou rester insensible devant ce spectacle? Grave question au fond, car s'il ne s'agit que de m'incliner devant la mort, rien de plus simple, puisqu'elle est la reine du genre humain et que demain, après-demain, à l'instant même, elle me courbe sous son sceptre impitoyable ; mais enfin je ne puis pas donner le même coup de chapeau au despote ou à l'homme de liberté, au scélérat et à l'honnête citoyen, à Tartufe et à Alceste, à Jeanne d'Arc et à Ysabeau, à Néron et à Tite. Pourquoi ayant des adorations pour certains morts historiques et des haines impitoyables pour certains autres, m'inclinerai-je devant la dépouille de mon contemporain, qui a peut-être combattu mes idées, gâté ma vie par la calomnie et l'imposture, voué mes jours à la misère en me barrant le chemin par ses intrigues? Le sentiment chrétien qui est si faux quand il s'agit de la vie pratique n'a rien à faire ici. Ma haine et mon affection doivent survivre au défunt.

Les hommes d'aujourd'hui obéissent à un sentiment contraire à ce principe de justice. Haineux ou indifférents pour le vivant, ils adorent le mort. Mêlons-nous aux habits noirs de ce convoi, et allons jusqu'au cimetière. Durant le trajet, on suppute les sommes laissées par le défunt, on joue la comédie de l'héritage, puis la conversation est coupée par des exclamations de ce genre : Quel malheur! c'était un si bon garçon! Arrivés au cimetière, les enterreurs entourent la fosse où l'on a descendu le cercueil, et ils écoutent d'un air distrait les oraisons funèbres émaillées de compliments et de regrets.

Cependant ce pauvre diable enfermé là entre quatre planches ne peut rien répondre aux condoléances de sa suite. Tant d'honneurs le rendent muet.

Après avoir entendu les mensonges débités avec emphase sur sa « vie heureuse et bien remplie », après avoir aspiré avec l'odeur des ossements en décomposition, le grossier encens brûlé pour lui, il repasse dans son esprit son étrange odyssée, et la raconte à Dieu d'une manière succincte, car les longs discours nécrologiques et les gros livres n'ont cours qu'ici-bas. Prêtons l'oreille à sa confession :

Lorsque je vins au monde, heureux de sortir d'une prison de chair, d'aspirer l'air à pleins poumons et de sentir mes membres dégagés de toute entrave, une servante s'empressa de m'emmailloter dans des langes ; et comme je criais sous son étreinte, elle me fouailla en m'appelant mauvais sujet, révolté, fils du démon! Il est vrai que je n'étais pas encore baptisé! Mais le jour même de mon emmaillottement un prêtre s'empara de mon âme et la baptisa catholique.

Enfin l'État s'empara de mon corps, mit un nom et un numéro matricule sur mon individu, et me coucha sur ses registres de possession

De retour à la maison j'étais beaucoup plus lié, beaucoup plus gêné que dans le sein de ma mère.

J'appartenais désormais à ma nourrice qui, en véritable représentant de ma famille, me rappela à l'ordre par des corrections touchantes, — à l'église qui m'avait créé fils de Dieu, à l'État qui avait jeté le grapin sur ma chétive personne pour lui demander en temps et lieu l'impôt du sang, de l'argent et de l'obéissance passive.

En grandissant, j'eus d'autres maîtres : d'abord mon maître d'école qui m'enseigna que la raison étant presque toujours obscurcie par les mauvaises passions, il fallait l'éclairer par la lumière pure de l'Église, que la loi du plus fort depuis la création du monde avait toujours été la meilleure, que la politique consistait jusqu'à nouvel ordre à opprimer et à exploiter le peuple; puis vint mon maître de catéchisme qui était directeur de madame ma mère. Celui-ci me dit qu'en vertu du péché originel de mon père putatif Adam et de ma mère putative Eve, j'appartenais à l'église du Christ qui avait racheté l'humanité du péché originel, et que je serais infailliblement damné si je n'inclinais pas toujours ma volonté, ma raison, mon sentiment devant la toute puissante autorité de l'église catholique, apostolique et romaine.

A vingt-un ans l'État s'empara de moi, me donna un capitaine, un caporal, un habit bleu, un pantalon rouge, un képi, un sou par jour, et me fit marcher contre les ennemis de ma patrie. Je tuai tant que je pus ces prétendus ennemis, pauvres diables enrôlés comme moi pour défendre leur patrie et voler à la gloire. Echappé au massacre de cinq ou six batailles, je rentrai dans mes foyers avec une balafre à la joue et une cicatrice au bras droit. Néanmoins mes bons parents qui m'avaient choisi une jeune fille de leur goût, me marièrent à elle presque malgré moi. Mais on me prouva péremptoirement que je devais l'obéissance passive à mes parents, comme à l'État, comme à l'Église. Bientôt mon capitaine retraité, mon ancien maître d'école et mon aumônier, courtisant ma femme, qui eut la faiblesse d'écouter leurs galants propos, je voulus me séparer. Mais le directeur religieux de ma femme me représenta que j'étais à jamais damné pour avoir invoqué le divorce, en usage seulement parmi les protestants et au sein des nations hérétiques. Quand on a une mauvaise femme, il faut l'enterrer ou mourir sous son règne, ainsi l'exige la morale. Un souverain, une église, une femme, un général, voilà la loi.

N'y pouvant plus tenir, je me réfugiai à Paris. Là je cherchai à gagner ma vie dans le commerce. Malheureusement mon patron, non content de profiter de mon travail et d'en tirer la substance de sa fortune, exigea que je me conformasse à ses opinions politiques, à ses préjugés, et à ses lubies; sur mon refus il me renvoya. Je cherchai à m'exploiter moi-même, du moins mes facultés, mon activité. Mes concurrents me passèrent sur le corps, je fis de mauvaises affaires. Comme j'avais toujours senti le prix de la liberté, surtout depuis ma vie passée sous le toit paternel, au régiment et sous le commandement de ma femme, je crus à propos de fonder un journal, pour dire et faire savoir à tous mes concitoyens, que sans la liberté l'homme est une marionnette, et que cinquante millions d'individus représentent moins une nation qu'un vil troupeau de moutons parqués par la peur du berger, des chiens et des loups; j'ignorais que la liberté de penser, cet x inconnu aux sociétés modernes, se réduisait à refléter exactement le moral et l'intellect de ses chefs, toujours comme au régiment. On me l'apprit en me faisant un procès et en me coffrant.

Sorti de la prison, on me regarda en chien de faïence, en profane, en lépreux égaré parmi des hommes sains et saints. Sans occupation, je fis des dettes. Mon propriétaire me retira son estime et s'empara de mon pauvre ménage, mon bottier me retira ses bottes, mon tailleur son habit, ma maîtresse son amour, et mes créanciers réunis me jetèrent à Clichy. Désormais, je leur appartenais corps et âme. Las de me nourrir dans leur prison, il me lâchèrent, et j'allai cacher ma misanthropie loin des hommes, au fond d'un bois.

Tout le monde me blâma, mes amis de fuir leurs « ardentes sympathies », mes chers concitoyens de ravir à la patrie la force de mes bras et le concours de mon intelligence; je n'avais pas le droit de vivre libre en paix à ma guise, au gré de la brise qui souffle. Avant de m'appartenir, j'appartenais à la société; j'étais sa chose, son objet, son jouet, son esclave, sa sarbacane. L'Église m'avait damné de gaîté de cœur, l'état m'avait étrillé et emprisonné, ma femme m'avait trompé, mes amis m'avaient calomnié, mes créanciers m'avaient persécuté, m'avait raillé, enfin mes concitoyens m'avaient assourdi de leurs sornettes. J'avais dû épouser leurs sottises, subir leurs esclavages, me battre pour leurs préjugés et leurs priviléges, me réjouir à leurs foires, les trouver tous charmants, pleins d'esprit et de droiture quand on les prenait en flagrant délit de bêtise et la main dans le sac; et ce n'était pas assez; ils n'étaient pas contents! Ma pensée, le battement de mon cœur, le frémissement de ma conscience, et jusqu'à mon cadavre, leur appartenaient. Je ne devais pas être « moi », je devais être eux! Eux, les imbéciles, les tyrans, les esclaves, les corrompus!

De bons gendarmes, qui furent, ma foi, très-affables, vinrent me chercher au fond de ma retraite, afin que j'eusse à reconnaître sans retard l'enfant de ma femme. Au fait, pourquoi ne m'aurait-elle pas donné un enfant, puisque j'avais reçu de la même façon, une patrie, une foi, les dogmes, les idées, les esclavages et les erreurs saugrenues de mes concitoyens ? Quand vous venez vagissant au monde, tout ce qui est bon est pris, toutes les valeurs sont encaissées : les propriétés, les sinécures, le soleil, la terre et l'eau ; mais si l'agréable ne vous échoit pas, en revanche vous ne manquerez pas d'hériter du laid et de l'onéreux, de la dette flottante, de l'impôt, des corvées du service civil et militaire, de la livrée d'imbécillité et d'esclavage que les siècles endossent et se passent de l'un à l'autre, car cette livrée ne s'use jamais, non, jamais ! elle est éternelle comme Jéhovah ! disent les maîtres tailleurs qui en revêtent les serfs de tous les régimes.

Ce dernier coup m'acheva. Je retournai à Paris pour y cacher ma honte ; je ne tardai pas à tomber malade. On me conduisit à l'hôpital, où je mourus.

Mon âme était délivrée de l'inquisition humaine, mais mon corps n'en avait pas fini avec l'impôt, avec la « livrée nationale ». On le porta sur une table de marbre, et il fut labouré de coups de scalpel par les futurs docteurs de la faculté; on allait me porter à la fosse commune lorqu'un héritage survenu pendant ma maladie, amena à l'hospice mes anciens persécuteurs, tous attirés par l'espoir de se voir portés sur mon testament. Mes héritiers ne m'ont pas encore lâché, car chacun interprètera à son profit et « plaidera mon silence ». Il ne me lâcheront pas qu'il n'aient planté leurs croix et leurs discours hypocrites sur ma fosse. Les entendez vous, Seigneur, célébrer la félicité de mon existence, et se vanter d'avoir été pour moi le bon samaritain? Ne pouvez-vous pas me ravir à l'éloquence de mes concitoyens, croque-morts qui, après avoir enterré mes jours, ensevelissent mon cadavre? Ne leur ai-je pas appartenu assez longtemps? N'ai-je pas expié grandement l'insigne honneur d'être né au milieu d'eux? N'ont-ils pas fatigué mon corps, souillé mon âme, abaissé ma dignité, troublé ma conscience? N'ont-ils pas écrasé ma pensée libre sous une avalanche d'erreurs, de croyances fausses, de servitudes misérables amassées comme un limon fangeux, durant dix-huit siècles? N'ont-ils pas plié mon corps à toutes les contoisions de singe, à toutes les courbettes ridicules? Ne m'ont-ils pas traité de révolté, parce que j'ai voulu être une lumière, une action libre, et non un reflet et un automate?

J'avais demandé à être brûlé ou jeté à la mer, et les voilà qui corrompent mon cadavre de leurs vains et hypocrites discours jusqu'à ce qu'il puissent exploiter mes ossements pour en faire du noir animal! Quand donc serai-je libre en corps et en esprit? — Seigneur délivrez-moi de mes concitoyens, fût-ce au prix de l'enfer !...

Ainsi parlait le mort dans sa bière, démentant les mensongères paroles de ses parents et amis, protestant contre les discours aspergés d'eau bénite qui étaient prononcés par ses enterreurs.

CHAPITRE IV

LA TRIBU DES DÉSESPÉRÉS

Chaque année, le Nouveau-Monde et les colonies de la France et de l'Angleterre font une saignée de trois cent cinquante à quatre cent mille âmes à la vieille Europe, sans que la marâtre songe à se plaindre de cet appauvrissement de santé et de population, ou cherche à retenir dans les mailles de son filet le menu fretin qui s'en échappe. Ce sont les Irlandais qui, par milliers, fuient les rivages de la verte Erin, pour chercher un pays où la pomme de terre ne manque pas à la faim ; ce sont les Allemands nomades, qui semblent se souvenir de leur mystérieuse origine asiatique, et des instincts errants de leurs ancêtres; ce sont aussi des Français, des Lorrains et des Alsaciens surtout; ce sont les poètes de toute entrée, oiseaux voyageurs, qui ne peuvent supporter la prison bourgeoise.

Ce n'est pas sans attendrissement, n'est-ce pas? que vous avez vu passer ces émigrants dans les villes, dans les ports, par troupes de cent, de soixante individus; ceux-ci montrant la corde d'une vieille redingote, celles-là avec un chapeau fripé et une robe d'indienne; les plus âgés ou les plus dévoués marchant en tête du bataillon, les femmes et les enfants au centre, les jeunes gens fermant la marche. Vous avez certainement déploré leur misère, leur détresse, et vous avez lu sur leurs visages assombris tous les douloureux poèmes de l'exil si bien peints par la grande parole de Danton : « Emporte-t-on la patrie à la semelle de ses souliers? »

Quant à moi, toutes les fois que sur mon chemin a

passsé le convoi de l'émigration, je l'ai religieusement accomgagné jusqu'à la gare et jusqu'au port, en m'unissant de cœur à ceux de mes frères qui allaient dire adieu à la France. Un jour de mai de l'année 1854, revenant d'Afrique, je me trouvais à Marseille. J'avais suivi une colonne d'émigrants parmi lesquels j'avais reconnu un vieil ami, et j'étais entré avec eux dans l'auberge de la Marine. Plusieurs émigrants ayant sans doute remarqué ma sympathique déférence m'invitèrent à prendre le repas avec eux.

J'acceptai. On s'assit sur un banc circulaire fixé au sol, autour d'une table établie et consolidée de la même façon, et l'on dîna d'une soupe aux choux, de lard et de fromage; le tout arrosé de piquette. Quant à moi, je regardai beaucoup plus que je ne mangeai, tant le spectacle que j'avais devant les yeux était étrange. Les convives de ce festin spartiate formaient entre eux les contrastes les plus criards. J'étais placé entre une femme à la robe de soie flétrie et plissée comme son visage, et une candide jeune fille en robe de bure. Devant moi, une figure macérée de Christ à la couronne d'épines contrastait avec des têtes rustiques de laboureurs. La lumière incertaine d'une lampe fumeuse éclairait tous ces personnages, qui formaient un tableau à la Rembrandt.

Le dîner achevé, contre l'habitude française, les convives restèrent silencieux, mornes. Par l'entrebâillement de la porte, on voyait osciller au mouvement de la vague le bateau à vapeur qui, dans quelques heures, allait emporter les émigrants. Etait-ce la vue de ce navire de l'exil qui paralysait les langues de ces pauvres gens, ou bien les ombres du foyer perdu planaient-elles dans la salle de l'auberge et évoquaient-elles le souvenir des grands parents, de la douce fiancée, laissés au village; des fermes, du paysage et de la perspective que le regard aimait tant à carresser ? Il fallait jeter toutes ces habitudes du cœur dans l'océan sans limites, recommencer une nouvelle existence, se créer un autre monde. Les larmes étaient dans tous les yeux. Le poids de l'inconnu oppressait toutes les poitrines. J'étais spectateur impuissant de ces douleurs morales. Heureusement, l'homme au visage de Christ rompit le silence général, et détourna par sa parole sympathique les pénibles préoccupations des émigrants.

— Mes enfants, leur dit-il, nous sommes semblables à l'épave jetée à la côte après le naufrage; nous sommes semblables aux feuilles d'automne détachées violemment de l'arbre, et roulées par les chemins, loin de la forêt ; à la caravane perdue au désert, et que le simoun menace d'engloutir sous les vagues de sable. Nous sommes la tribu des Désespérés. Si je prête une voix à vos souffrances, c'est que je les ressens vivement, et que m'ayant nommé chef de votre caravane, je puis me permettre de vous interroger. Nous allons coloniser en Algérie et habiter un village de la province de Constantine. Puisque nous avons un intérêt commun, pourquoi ne rapprocherions-nous pas nos cœurs et nos esprits? Parmi les quinze personnes de notre caravane, il n'en est pas deux qui se connaissent. Ne pensez-vous pas qu'une confession fraternelle nous rendrait plus confiants mutuellement, plus résolus, plus forts contre les éventualités de notre expatriation? Enfin, au moment où nous quittons patrie et famille, ne sentez-vous pas comme moi la nécessité de nous créer, par une communion morale, par la révélation de nos souffrances, de nos désirs, une autre patrie et une autre famille?

Tout le monde applaudit à la proposition du chef de la tribu des Désespérés, qui ouvrit la confession générale par la sienne.

— Je me nomme Pierre Michelot, dit-il, et je suis Parisien. J'ai commencé par le métier de ciseleur en bronze. Peu à peu mes goûts s'élevèrent, grâce aux sérieuses études que je faisais après le travail de l'atelier, j'entrepris la sculpture. Une Niobé fut reçue au salon d'exposition. Je crus mon avenir assuré ; je me livrai en toute confiance à mon art. Malheureusement de misérables passions vinrent m'en distraire. Je perdis au sein des plaisirs, des surexcitations, les précieuses facultés qui m'avaient élevé au grand art ; mes marbres furent refusés, je tombai dans la misère, et, pour avoir oublié que la vie morale est mère du talent, je suis réduit à m'expatrier. Telle est ma triste histoire, mes amis. Maintenant, si vous ne croyez pas devoir me maintenir comme le chef de votre tribu, je suis prêt à céder cette situation à plus digne que moi.

Pour toute réponse, chacun des auditeurs alla serrer la main de Pierre Michelot. L'artiste tombé sembla ému de ce témoignage d'affection.

— Je vais suivre l'exemple de notre chef, dit un homme à la forte encolure, au visage rustique. J'ai labouré la terre d'autrui pendant trente années; j'avais pris dans la Sologne une ferme qui comptait plus de pierres que de mottes de terre. A force de travail, je parvins à créer une magnifique propriété, où je croyais finir mes jours. Mais je comptais sans la mort du propriétaire lui-même. Son fils me chassa sans pitié de ce bien tant travaillé de mes mains, de cette ferme où était morte ma pauvre femme, me laissant la petite fille que vous voyez à mon côté.

Ce rude travailleur, au souvenir de sa femme morte et de sa ferme perdue, ne put retenir deux grosses larmes, qui tombèrent dans deux sillons de son visage comme dans des rigoles. La petite fille, voyant son père pleurer, fondit en larmes, et l'émotion gagna l'assistance.

— Cette enfant, dit Pierre Michelot, est nôtre. Les dames qui partent avec nous lui serviront de mère. Consolez-vous donc, ami, et écoutez avec moi la confession de nos autres compagnons.

Répondant à l'appel de l'artiste, un homme en blouse, à la physionomie intelligente et à l'allure énergique, prit la parole :

— Nul plus que moi n'a lutté contre la mauvaise fortune, commença-t-il. Ouvrier graveur sur bois, assez bon dessinateur, je me mis martel en tête pour les inventions industrielles. Le jour, je gagnais mes huit francs, et la nuit, je travaillais, je dessinais, je cherchais. Ma première invention fut un cabestan mobile, et se repliant sur ses axes, qui permettait d'élever les plus lourds fardeaux, ou de les abaisser avec la plus grande facilité. Je portai le dessin à exécuter à un maître mécanicien, qui me vola mon idée et prit le brevet d'invention avant moi. Toutes mes réclamations furent vaines. Je me remis au travail. Cette fois, j'eus l'idée de créer une pompe aspirante pour distribuer l'eau à volonté dans toutes les maisons. Pour la construction très-coûteuse d'un appareil, je m'associai avec un capitaliste, qui me joua le même tour que mon mécanicien. Ces deux voleurs d'idées feront fortune avec mes découvertes; quant à moi, devenu myope et ne pouvant plus graver mon bois, j'ai eu faim et froid. Réduit à la dernière extrémité, j'ai dû prendre le parti de quitter ce pays, où l'on détrousse les inventeurs en plein jour.

— Quoi qu'il m'en coûte, je dois avoir la même franchise que mes compagnons, fit un blond jeune homme, dont les yeux étaient éteints comme ceux d'un vieillard. Je me nomme Charles de Balpert. Je quittai la petite ville de Loudun pour venir brûler les ailes de ma jeunesse à Paris. Inutile de vous dire que je semai mon or sur les pas des reines de théâtre, que je jouai à la Bourse, et que je fis courir sur le turf! Ces divers jeux m'allégèrent d'un petit patrimoine de cent mille francs.

Réduit à ma plus simple expression, on voulut me marier à une affreuse petite bourgeoise aux écus abondants. J'avoue que je sentis alors courir dans mes veines le sang fier de ma race, et que, pour ne pas me vendre avec mon nom, j'acceptai au chemin de fer du Nord une place de quinze cents francs. Après avoir perdu, par mon inexactitude, cette modique position, j'ai dû songer à l'expatriation, à la colonisation, et voilà comment, mesdames et messieurs, je me trouve parmi vous.

— Ne vous lamentez pas trop haut, dit en se levant un homme aux cheveux grisonnants, au sourire amer, de vous tous je suis le plus à plaindre, car avec ma fortune j'ai perdu l'honneur.

A cette révélation, un mouvement de surprise se produisit dans la tribu des Désespérés.

— Je suis un failli, reprit douloureusement l'homme qui venait de faire le triste aveu de son déshonneur, je suis un banqueroutier! J'ai expié ma faute, ou plutôt celle de la femme dont j'ai dû me séparer, car c'est elle qui m'a conduit à la ruine par ses fastueuses toilettes, par son amour effréné du luxe, qu'il fallut satisfaire, sous la menace terrible de guerre intestine. J'essayai de lutter contre sa passion, mais vainement. Quant je refusais à ma femme un plaisir coûteux ou une splendide parure, c'était une lionne déchaînée, j'étais obligé de fuir la maison. L'amour, la faiblesse eurent raison de ma résistance. J'abandonnai à ma femme les clefs de la caisse ; j'altérai mes livres pour qu'elle vécût dans l'opulence. Le jour où la vérité fut connue, ma femme se retira chez ses parents, et j'entrai en prison. Ma peine expirée, je crus retrouver la tendresse de ma compagne; mais ses parents avaient eu le soin de la détourner de son mari malheureux : une liaison coupable avait d'ailleurs facilité leur tâche. Toujours est-il que ma femme n'a pas voulu accepter la misère en compagnie de son mari ruiné, perdu pour elle, et que me voyant seul je n'ai pas eu la vaillance de rester ici, de lutter contre le préjugé qui marque éternellement l'homme atteint par la justice.

— Ma parole d'honneur, mes amis, — s'écria en accompagnant son exclamation d'un rire strident un des membres de la tribu des Désespérés, dont la physionomie martiale et joyeuse contrastait avec l'aspect funèbre de ses compagnons, — nous formons une véritable « cour des miracles » dans cette auberge! Tous persécutés, tous infortunés, tous ruinés!... Laissez-moi mettre mon grain à votre chapelet. Moi aussi, j'ai bataillé sans profit pour moi; je suis fils du guignon. Appartenant à la bohème parisienne, peuplée de grands hommes en herbe, de talents aussi inconnus qu'immenses, j'ai essayé de tout : du crayon, de la plume, du pinceau, de la barrette. Mes tableaux ont orné la boutique du marchand de bric-à-brac; mes pièces ont été sifflées; mes romans n'ont pas trouvé de lecteurs; mes journaux, pas d'abonnés; ma capacité d'avocat, pas de clients.

Furieux contre moi-même et contre la destinée, j'allai faire le coup de mousquet au Mexique, pour le compte des libéraux bien entendu. Je suis libéral, il faut vous l'avouer. Je tiens au libéralisme qui m'a fait crever de faim depuis que je sers sa cause, la plume ou les armes à la main. Ne doit-on pas mourir de son opinion? Relevé pour mort à Mexico, je comptai mes membres; comme il n'en manquait aucun, je les rapportai en France avec beaucoup de gloire et fort peu d'or. Las de tant d'accrocs sans profit, j'ai pris la résolution de me faire colon.

Toutes les mains serrèrent la main du spirituel et courageux volontaire, qui fut complimenté par les dames de la tribu.

— Mes amis, dit Pierre Michelot, au milieu des manifestations de la joie générale, nous recueillons les fruits de notre franchise, car nous avons tous loyalement confessé nos fautes passées, si ce n'est pourtant un absent qui, de Paris, doit venir nous rejoindre ici... et qui tarde bien, c'est M. Gaston Maurevelle.

— Me voici, présent à l'appel! s'écria un individu en ouvrant la porte de la salle de l'auberge, et la refermant aussitôt sur lui, de quoi s'agit-il?

A son entrée, le laboureur et les trois dames de la tribu se levèrent brusquement, comme s'ils eussent reconnu le nouveau venu.

C'était une étrange personnage. Ses yeux, brillants comme l'acier, éclairaient une figure pâle et amaigrie Il portait un habit noir troué aux coudes; une cravate de satin couvrait presque entièrement une chemise d'une couleur douteuse, dont les manchettes sales étaient jointes par des boutons en métal; des gants déchirés découvraient de blanches mains, et des souliers vernis, crevés à plusieurs endroits, laissaient voir un bas de soie d'une ancienne splendeur: la misère en habit noir!

— Je vous demande pardon, monsieur, dit Pierre Michelot; si j'ai prononcé votre nom en votre absence; mais ayant pris la résolution de nous connaître mutuellement, de faire notre confession ..

— Pourquoi faire? brusqua Maurevelle, qui avait jeté un coup-d'œil du côté des femmes. Une confession pour ceux qui passent la Méditerranée! Evidemment, on ne va pas en Algérie comme à Pontoise, et chacun a ses raisons derrière soi. Devant soi l'avenir, l'inconnu; l'espérance pour voile, le nouveau rivage au port! Oh! les visages que l'on connaît... ou que l'on reconnaît! Supplice des supplices! Visages tartuffes, visages composés, viages d'anciens amis... Où les fuir, mon Dieu? — J'en suis fâché pour vous, messieurs, mais je ne suis pas l'histoire que l'on raconte, que l'on colporte; je suis le passé enseveli à jamais, je suis le héros muet!

— Vous m'avez donc reconnu, monsieur Maurevelle, que vous ne voulez pas parler? s'écria, menaçant l'ancien fermier de la Sologne.

— Toi, Jacques Durier? ne put s'empêcher de dire l'individu interpellé.

— Vous m'aviez pourtant bien regardé en face, lorsque vous me renvoyâtes de la ferme de votre père, ce qu'il n'aurait jamais fait, lui, car il savait, — et vous le saviez aussi, — que trente années de ma vie avaient été consacrées à cultiver et à fertiliser cette ingrate terre de Sologne. En me chassant de la ferme, vous m'avez dépouillé, vous m'avez volé!

Maurevelle baissa la tète sous l'accusation, et ne dit mot.

— Vous avez raison, monsieur, reprit une jeune femme au visage flétri, et dont les vêtements attestaient une opulence perdue; vous avez raison de vous refuser à la confession, car vous seriez obligé d'avouer qu'après avoir séduit une jeune fille et l'avoir amenée à Paris, vous l'avez indignement abandonnée à la honte et à la misère qui l'ont conduite à la dégradation... Vous m'avez perdue, monsieur Maurevelle!...

— C'est vous, Juliette! vous!... s'écria Maurevelle, effrayé de la détresse où il voyait sa victime.

— Et moi, monsieur, me reconnaîtrez-vous? dit une jeune femme en fixant les yeux sur ceux de Maurevelle. J'avais fait l'éducation de vos deux sœurs, je les avais élevées, et parce que j'ai résisté à votre séduction, vous m'avez calomniée auprès de votre père et de vos sœurs, et vous m'avez fait expulser de la maison. Une institutrice dont la réputation est compromise ne trouve plus d'emploi. Repoussée de tout le monde, j'ai mesuré le fond de l'abîme où vous me voyez aujourd'hui.

— C'est vous, monsieur, s'écria à son tour le commerçant banqueroutier, qui, en égarant ma femme, en lui suggérant l'oubli de tous ses devoirs pour la satisfaction d'une passion criminelle, avez causé sa perte et la mienne : soyez maudit !

— Oui, je suis maudit, murmura Maurevelle d'une voix sombre; oui, j'ai causé votre ruine... et celle de Jacques Durier, et la vôtre, Juliette, et la vôtre aussi, Eléonore, et celle de beaucoup d'autres qui ne sont pas ici. Ma vie a été tissée de débauches et de crimes. Mais croyez-vous que je ne me suis pas frappé moi-même plus que vous ne sauriez me frapper ? Croyez-vous que le sort ne vous ait pas bien vengés ? Regardez-moi, voyez mes haillons. Il y a quelque jours encore, j'avais des domestiques et des amis. Sans une lumière intérieure qui m'a éclairé sur les énormités de ma conduite, sans le remords qui m'a transformé et m'a inspiré la résolution de réparer mes fautes, mes crimes, croyez-vous que je n'en eusse pas fini avec l'existence ?.. Si vous ne me croyez pas sincère, rien ne vous force à m'accueillir. La terre est large, et l'homme de repentir saura trouver son chemin. Adieu !

— M. Maurevelle ! s'écria Pierre Michelot, en l'arrêtant du geste ; je crois bien interpréter les sentiments de ceux-là même que vos actes ont blessés, en vous disant de rester parmi nous. Vos nobles paroles, prononcées avec un accent de sincérité qui ne trompe pas, sont dictées par une résolution sainte, que personne de nous, je crois, n'est disposé à entraver.

Tous les auditeurs approuvèrent le grand mouvement de Pierre Michelot.

— Eh bien ! répondit Maurevelle en revenant sur ses pas, puisque vous m'avez entendu, je jure devant Dieu et sur ma foi d'homme aspirant à reconquérir l'honneur, que mes derniers jours seront consacrés à la réparation du mal que j'ai fait. Comme j'ai été dans le passé un homme de débauches et de crime, je serai dans l'avenir un homme d'austérité et de dévouement : je le jure !

On s'empressa autour de Maurevelle pour lui prodiguer les plus affectueuses consolations. C'était une véritable joie de famille qu'interrompit la parole sympathique de Pierre Michelot.

— Mes amis, dit-il, il est temps de partir. Midi va sonner, et le bateau à vapeur n'attend pas...

Je me rendis sur le port avec les émigrants, qui s'embarquèrent joyeusement. Je n'abandonnai le quai qu'après avoir vu leur bateau sortir de la passe, et s'évanouir à l'horizon l'épaisse fumée noire de la machine chauffée à toute vapeur.

Je croyais leur avoir dit un adieu éternel, mais en 1858, me trouvant dans la province de Constantine, je m'informai de ma tribu « des Désespérés ». Elle habitait le village de l'Arbah, à quelques lieues de Guelma. Le cœur me battait fort quand j'entrai dans une oasis de verdure, de grands arbres et de coquettes maisons bâties à l'européenne, qui formaient le plus étrange contraste avec les flancs grisâtres et dénudés de hautes roches dont les assises entouraient ce nouveau centre de colonisation. Mille questions se pressaient en moi. Allais-je retrouver vivants tous mes anciens amis? Leur union de famille avait-elle duré? Maurevelle avait-il tenu sa parole? Ce fut précisément lui que je rencontrai à l'entrée de l'Arbah. Allant au-devant de mes doutes, il s'empressa de m'annoncer qu'il était marié et père de famille. Il avait épousé cette Eléonore, qui lui avait fait des reproches si sanglants à Marseille. Il m'apprit aussi que la femme du failli était venue retrouver son mari en Afrique; qu'elle avait oublié toutes ses anciennes coquetteries et mis de côté son amour du luxe pour ne songer qu'à ses devoirs conjugaux. Je retrouvai complète ma tribu des Désespérés; mais quel changement depuis Marseille! ce n'étaient plus ces visages livides sur lesquels on lisait les déceptions du passé, les amertunes du présent et l'inquiétude de l'avenir, c'étaient des physionomies souriantes et heureuses. Par le travail et par l'amour, mes anciens amis de Marseille s'étaient créés une nouvelle existence. Ils avaient trouvé dans l'Algérie la généreuse patrie qui ouvre ses bras à tous les désespérés sans distinction de rang ni de fortune ; ils avaient bâti de leurs mains leur maison, entourée d'un jardin planté d'arbres. La propriété acquise par le labeur est la base de la famille heureuse. Le nid est doux quand la mère et les petits n'y ont ni froid ni faim.

Les plus instruits d'entre eux servaient de maîtres d'école ou de comptables, pendant que les plus robustes cultivaient la terre; enfin, mes « désespérés » de Marseille étaient parfaitement « consolés » sur la terre d'Afrique.

CHAPITRE V

LA LOTERIE SOCIALE

Un journaliste de nos amis, Etienne Quitant, ne sachant où passer sa soirée, entra un beau soir dans un théâtre du boulevard. Il eut le malheur de tomber sur un mélodrame qui inspirait des peurs effroyables aux bonnes gens. Il remarqua en passant que les grandes dames qui se montraient si sensibles aux infortunes imaginaires du théâtre, — car elles sanglotaient et se mouchaient bruyamment, — n'ont pas une larme pour celles du monde, qui sont palpables et véritables. Cette observation faite, notre journaliste, par manière de distraction, regarda le ciel du théâtre.

A ce moment, la tirade féroce du traître lui produisit un tel effet nerveux sur les mâchoires qu'il ne put s'empêcher de bâiller.

— Vous vous ennuyez, monsieur, lui dit judicieusement l'individu qui était à côté de lui.

— C'est vrai, monsieur, répondit Etienne.

— Il paraît que le spectacle n'a pas grand attrait pour vous.

— Je l'avoue, répliqua Etienne, et je vais vous en dire la raison. Notre théâtre ne s'est pas encore emparé de l'élément populaire, il n'a pas pris la large inspiration de Shakespeare, il en est à l'habit et au paletot-sac. Il est essentiellement bourgeois, et par conséquent terne, monotone, endormant, passez-moi l'expression.

— Puisque vous vous ennuyez comme moi à écouter ce mélodrame, vous plairait-il de voir le spectacle dans la salle?

— Très-volontiers, dit le journaliste.

— Regardez, aux premières stalles, cette dame en robe de velours noir.

— Oh! le joli visage! dit aussitôt Etienne; quelle fraîcheur, quelle suavité de lignes! Cette vue repose un peu du visage du traître, laid à effrayer le diable en personne.

— Elle est bien belle, n'est-ce pas, monsieur? s'écria l'interlocuteur très-animé.

— Oui, répondit Etienne. Elle a surtout cet avantage sur les autres dames qui l'entourent, que sa beauté est vigoureuse, et qu'elle n'est pas comme ces dames, apprêtée, empesée, tirée à quatre épingles ce qui les fait ressembler à des gravures en taille-douce fraîchement collées sur des pots de pommade.

— Seriez-vous curieux, monsieur, de connaître l'histoire de sa vie?

— Je vous écoute, dit le journaliste, très-satisfait de trouver une distraction au mélodrame.

— Elle se nomme Christine Covart. Fille d'un

ancien banquier, elle a été élevée dans l'opulence. Elle perdit son père à seize ans. Sa mère seule fut chargée alors de la surveiller et de compléter son éducation. Vous pensez bien que la fille du banquier devint le point de mire d'une foule de gens. Entre tous, il y avait un jeune homme pauvre, orphelin, qui l'aimait follement, comme on n'aime qu'une fois dans sa vie. Charles Davin se fit admettre chez madame Covart, qui était loin de se douter qu'il aimât sa fille.

Un beau jour, Charles et Christine se rencontrèrent au jardin. La jeune fille venait de ceuillir une rose, et, par pur caprice, s'amusait à l'effeuiller.

— Oh! je vous en prie, s'écria Charles, qui fit un effort violent sur lui-même pour vaincre sa timidité naturelle, n'effeuillez pas cette rose! par grâce, je la réclame.

— Pourquoi me demandez-vous cette fleur? dit vivement la jeune fille; il y en a tant dans le jardin, cueillez-en.

— Que me font ces fleurs que votre main n'a pas touchées?...

— Savez-vous que c'est une déclaration que vous me faites là, monsieur Charles?

— Oh! donnez-la-moi, dit le jeune homme en tombant à genoux. J'en aurai un si grand soin qu'elle ne se fanera jamais!

— La voici, dit Christine d'une voix émue. Espérez, monsieur Charles; un jour, s'il plaît à Dieu, vous aurez la main qui vous donne cette rose.

L'orphelin sortit du jardin rayonnant de joie. Il était aimé!... Mais il avait très-bien compris le « s'il plaît à Dieu » de Christine. Cela voulait dire : S'il plaît à ma mère, si vous êtes digne de moi, si vous vous faites un nom, etc.

Charles ne délibéra pas long-temps, car huit jours après il faisait ses adieux à madame Covart, et partait pour l'Afrique, engagé comme simple soldat.

Pendant cinq ans, Charles Devin se battit en lion, il fit la guerre avec enthousiasme et un acharnement incroyables, non sans recevoir quelques bonnes balafres.

— Ces pauvres arabes, interrompit le journaliste ne se doutaient pas que c'était par amour que notre ami Charles les sabrait de la sorte !

— Au bout de cinq années, il eut enfin le grade de capitaine qu'il désirait tant, et fut décoré de la Légion-d'honneur. Aussitôt qu'il le put, il quitta la terre africaine et revint en France. A peine arrivé à Paris, il se rendit en toute hâte à la demeure de sa chère Christine.

Oh! son cœur battait fort lorsqu'il sonna à la porte, mille fois plus fort que dans la mêlée ennemie.

On ouvrit enfin.

Charles trouva une réception froide, deux visages froids, deux cœurs froids.

Ne sachant à quoi attribuer ce changement, le

capitaine fit tour à tour des questions à la mère et à la fille, mais on ne lui répondit que par des politesses et des phrases entrecoupées. Charles comprit enfin qu'il était de trop, et il se retira.

Oh ! quand il repassa la porte, son cœur ne battait plus dans sa poitrine. Il avait envie de pleurer, et il ne le pouvait pas. Il tenait ses yeux fixés à terre... comme pour y chercher un tombeau.

— Qu'était-il donc arrivé? demanda Etienne avec anxiété.

— Un riche capitaliste, M. L..., était survenu pendant l'absence de Charles, et avait conquis ou plutôt acheté le cœur de Christine.

— Qu'est devenu le capitaine? il s'est suicidé sans doute?

— Il aurait mieux fait, répondit l'inconnu d'un air sombre.

Le journaliste comprit alors que son interlocuteur n'était autre que Charles Devin.

— En effet, reprit Etienne, le mariage, ce principe de la famille, n'est autre chose, trop souvent, qu'un trafic, un marché, une affaire de chiffres. Certaines gens achètent une femme comme ils achèteraient une commode. C'est tarifé. Que voulez-vous? La femme n'est pas organisée pour la lutte. La femme est un être essentiellement délicat, subjectif, passif. C'est à nous, lutteurs de l'humanité, d'affranchir son corps et son âme de cette espèce de surenchère et de faire en sorte, par une bonne organisation sociale, qu'elle ne soit plus l'esclave du fait, du sac d'écus, et qu'elle ne relève que de ses sentiments.

Je vais vous donner encore une preuve de la faiblesse morale et de l'esclavage de la femme, car j'ai eu les mêmes malheurs que le capitaine Charles Devin. Mon histoire est plus prosaïque, il est vrai, mais elle a le même dénoûment.

Il y a dix ans, j'étais amoureux fou de la fille d'un marchand de chandelles en gros, et j'étais payé de retour. Un beau matin, j'eus l'audace de la demander en mariage à son père. Celui-ci répondit nettement qu'il ne donnerait pas sa fille à qui que ce soit à moins de dix mille francs. C'était son ultimatum. Il ne voulait pas entendre parler d'un gendre sans le sou.

— Vous aurez vos dix mille francs, lui dis-je.

— Ma fille vous appartiendra, me répondit-il.

Je me torturai le corps et l'esprit pour réaliser ces dix mille francs, au bout desquels se trouvait ma Dulcinée. Mais j'eus beau faire des pieds et des mains, après trois années de recherches, je n'eus à ma disposition que 9,708 francs 10 centimes. J'allai porter triomphalement la somme à mon futur beau-père; il me dit froidement :

— Il vous manque 291 francs 90 centimes. Ne vous présentez chez moi qu'avec la somme complète.

— Vous l'aurez, lui dis-je.

Au bout de six mois, j'avais complété mon caution-

5.

nement marital. J'accourus à la boutique du beau-père; mais il était trop tard.

— Ma fille n'a pas pu attendre si longtemps un mari, me dit-il, et j'ai trouvé dix autres mille francs avant les vôtres. J'ai un gendre.

Je tirai ma révérence au marchand de chandelles et à sa fille, et je remportai mon sac. Je vous ai conté cette histoire triste et comique à la fois pour vous prouver que, dans notre société, les efforts personnels, la bravoure, le mérite, le travail, que toutes ces qualités viennent souvent se briser au privilége comme la mer sur le rocher.

Etienne s'arrêta, car il s'aperçut qu'il ne parlait plus qu'à lui-même. Charles Devin fixait des yeux ardents sur la belle Christine et sur son heureux possesseur, M. de L...

— Vous êtes encore amoureux, lui dit le journaliste d'un ton railleur. Quant à moi, la fille du marchand de chandelles m'a guéri à tout jamais de l'amour. Imitez-moi.

— J'ai usé mon corps et mon âme, répondit Charles, et je ne suis pas parvenu à effacer ma première pensée d'amour. Oh ! monsieur, je souffre le supplice d'un damné. Regardez-la donc ! N'est-ce pas qu'elle est ravissante quand elle sourit ! O douleur !... son visage effleure celui de ce M. de L..., que j'abhorre... Mais qu'a-t-il donc fait, celui-là, pour être si heureux ?...

— Il a tiré un bon numéro à la loterie sociale, voilà tout.

— Je ne saisis pas bien votre pensée.

— Si vous me demandez pourquoi un homme est riche, je vous répondrai : Parce qu'il est riche. — Pourquoi il est puissant ? parce qu'il est puissant. — Mais la raison ? Justement il n'y a pas de raison, puisque c'est le hasard qui fait l'homme riche ou pauvre, puissant ou misérable. La société n'est pas une organisation qui permette à chaque homme de récolter ses semailles, de recueillir le fruit de labeurs et de ses peines. C'est une grande loterie dont le hasard est le Dieu, car dites-moi un peu :

Qu'est la naissance ? — Une loterie.

Qu'est la richesse ? — Une loterie.

Qu'est le commerce ? — Une loterie.

Qu'est la politique ? — Une loterie.

Qu'est la conscription ? — Une loterie.

Que sont les dignités et les places ? — Une loterie.

Qu'est la bourse ? — Une loterie.

Or, qu'est-ce qu'une loterie ? — Un jeu qui fait des gagnants et des perdants, quelques privilégiés et beaucoup de malheureux ; un jeu où cent mille hommes perdant un franc pour qu'un individu favorisé du sort gagne cent mille francs. N'est-ce pas la triste loi de notre société ? Ne vous étonnez donc pas qu'un homme d'argent ait triomphé d'un homme de votre mérite. Croyez-moi, capitaine, oubliez cette coquette souillée par les baisers d'un misérable qui l'a achetée, et venez dans notre camp ; vous y retrouverez l'enthousiasme de vos jeunes années. Homme d'esprit que vous êtes, votre plume fera autant de mal à nos juifs et à nos capitalistes que votre sabre en a fait aux Arabes. Vous planerez au-dessus de ce grand monde si petit et si corrompu, qu'il a méconnu et dédaigné votre vertu et votre bravoure. La femme trompe presque toujours ceux qui l'aiment, l'humanité jamais.

Ces paroles impressionnèrent vivement le capitaine. Il serra la main du journaliste et le remercia chaleureusement.

A ce moment, on entendit un coup de fusil parti de la scène. C'était un personnage de la pièce qui, par une fatale méprise, venait de tuer son meilleur ami. Il se poignarda immédiatement sur le corps de sa malheureuse victime.

Un voisin du capitaine s'écria :

— Enfin ! la pièce est finie... Tous les acteurs sont tués...

En effet, c'était le dénoûment. On entendait encore le râle artistique du susdit ami, qui, avant de mourir définitivement, exprimait en termes poétiques le regret de s'être mépris si cruellement.

Tout était mort sur la scène. Il ne restait plus de vivant au théâtre que le public, qui, dans l'intérêt de sa conservation sans doute, quittait bruyamment les places et fuyait en toute hâte ce théâtre d'exécution générale.

Le journaliste et le capitaine se promirent de se voir souvent.

Cette conversation avait produit un effet extraordinaire sur Charles Devin; elle lui avait ouvert un autre horizon, montré le néant de sa passion et le véritable but de la vie.

A partir de ce moment, l'ancien capitaine chercha dans la science l'oubli de son fatal amour; il y réussit.

Un de ces jours derniers, Etienne était chez son

ami Charles Devin. La conversation tomba par hasard sur la fille du banquier.

— Est-tu guéri radicalement de ton amour profane ? lui dit en riant le journaliste.

— C'est une chimère et une vision de l'ancien monde, répondit solennellement Charles Devin ; à présent, je suis dans le nouveau !...

CHAPITRE VI

LE SIÈCLE DU SUICIDE

I

On pourra appeler notre siècle le « siècle du suicide ». La furie du suicide semble s'être emparée de l'espèce humaine, qui se condamne elle-même à mort... Consultez plutôt cette note que presque tous les journaux insérèrent en 1857, et que nous donnons dans son éloquence toute concise.

« On a calculé que, depuis le commencement du siècle, le nombre des suicides en France ne s'élève pas à moins de « trois cent mille ! » Et cette évaluation est peut-être en deçà de la vérité, car la statistique ne fournit des résultats complets qu'à partir de l'année 1836. De 1836 à 1852, c'est-à-dire dans une période de dix sept ans, il y a eu 52,126 suicides, soit en moyenne 3,066 par année. »

Trois cent mille suicides en France depuis le commencement du dix-neuvième siècle.

Personne ne daigna accompagner de quelques appréciations morales cette effroyable hécatombe de désespérés, et l'on continua son chemin. Continuons le nôtre ; nous ferons volte-face tout à l'heure.

« En vingt-sept ans, de 1826 à 1853, le nombre des suicides a été en France de 71,416. En 1858, on a compté 3.050 suicides dont 853 femmes et 3,903 hommes; enfin, suivant la dernière statistique que nous ayons vue, dans le cours de l'année 1859, 3,899 personnes se tuèrent, savoir : 3,057 hommes et 842 femmes. »

La statistique démontre que le nombre des suicides augmente chaque année. Cette chère et douce civilisation marche dans la progression du meurtre et du désespoir.

Les causes du suicide sont diverses autant que les moyens employés pour se débarrasser de la vie. Dans le catalogue funèbre, on compte des riches qui s'ennuient de la richesse, des ambitieux déçus, des ouvriers sans ouvrage, des spéculateurs qui ont joué à la hausse le jour où la bourse a baissé, des gens atteints d'aliénation mentale, des malades vaincus par l'excès de la douleur, des jaloux, des époux malheureux en ménage, beaucoup de femmes séduites, enceintes et abandonnées, et des poètes misérables s'écriant comme Gilbert au lit de mort de l'hôpital :

Au banquet de la vie, infortuné convive,
J'apparus un jour et je meurs.
Je meurs ! Et sur la tombe où lentement j'arrive
Nul ne viendra verser des pleurs !

Les suicides ne se limitent pas à telle ou telle classe, à telle ou telle position sociale. Riches et pauvres, grands et petits fournissent leur contingent à ce minotaure des sociétés modernes. Des personnes qui jouissent d'une grande fortune, qui se sont donné une peine infinie, ont trimé vingt ou trente ans pour jouir d'un bien-être, se brûlent un beau jour ou une belle nuit la cervelle. La fortune qu'ils avaient tant désirée leur a laissé le cœur vide. Ils avaient cru naïvement que la richesse allait leur donner par surcroit l'esprit, le courage, la considération, le repos, le bonheur. Pauvres fous !

A Paris, les suicides sont si fréquents qu'ils éveillent à peine la curiosité de la grande ville insoucieuse. On relève les cadavres, on les transporte à la Morgue, et tout est dit. Les journaux de Paris enregistrent chaque jour le butin des suicidés. Les parisiens n'y vont pas de main morte ; ils se jettent à l'eau, s'étranglent, se coupent la gorge, s'asphyxient, se poignardent et se brûlent la cervelle avec une incroyable rage.

Quelques journaux de Paris et des départements, en constatant le nombre toujours croissant des suicides le déplorent amèrement ; mais ils se gardent bien de remonter aux causes de ces actes déplorables, et c'est ce qu'il faudrait faire. Une maladie ne se traite avec succès que lorsque le principe en est étudié.

Nous n'avons pas à nous préoccuper des causes particulières des suicides. Mais il y a une cause générale sur laquelle nous devons insister en face de ces actes désolants.

Sans doute il est affligeant de voir des cœurs durs repousser la fille séduite, mépriser le malheureux ou l'homme ruiné, n'accorder leur sympathie qu'aux gens heureux ; sans doute la charité et la fraternité sociales pourraient panser bien des plaies, arrêter bien des bras meurtriers ; mais où est le principe de cette indifférence pour le malheureux, de cette rigueur pour la femme tombée?

Dans le développement monstrueux de l'égoïsme,

dans l'oubli des devoirs sévères de la vie, dans l'entraînement général du siècle vers les richesses bien ou mal acquises, dans la « rage de s'enrichir » qui porte chaque homme à adorer quand même le succès et le veau d'or.

Le grand ressort moral de l'humanité est détendu. On met de côté le devoir et la conscience comme un bagage incommode pour marcher plus vite à la bourse, à la fortune. La femme cherche un « homme riche », — à Paris, la race de ces trafiquantes d'amour est malheureusement trop nombreuse. — Quand la déception arrive, la femme se tue, l'homme court à la bourse, à l'agio, à la spéculation. Si la ruine montre au joueur sa face sinistre l'homme se tue. Voilà tout. Ce n'est pas plus difficile que cela. Il ne s'agit que d'avoir un poignard ou de la corde de pendu dans sa poche !

Théâtres, journaux, discours, sermons, se sont élevés avec raison contre cette soif ignare de la fortune, contre cette folie « dorée » du siècle qui aboutit on sait où, — à la fosse béante du suicide.

Il est temps en effet de réagir contre cette peste qui, de la surface de la société, pourrait gagner le cœur si on ne l'arrêtait vigoureusement, si on ne criait holà !

Il est temps de ramener l'humanité dévoyée aux grands principes du droit et du devoir, au culte de l'idée, de l'esprit, à la maxime sainte de nos pères : — Fais ce que dois, advienne que pourra !

Oui, advienne que pourra, la misère ou la fortune, pourvu que le devoir soit accompli, pourvu que le droit soit respecté, pourvu que l'homme se maintienne la hauteur morale où Dieu l'a placé, pourvu qu'il ait assigné à sa vie un but noble : la pratique et l'amour du bien, du beau, de la liberté, de la vérité, du devoir, au lieu de rechercher avec la rapacité du loup, la férocité du tigre et l'inquiétude fébrile de l'usurier, une pièce de cent sous !

Nos pères comprenaient autrement la vie que nous.

Ils la dévouaient à une idée! En 1792, ils se sacrifiaient à la liberté des peuples, à la gloire de la France. Aujourd'hui on se sacrifie... à sa fortune, et l'on se tue quand on ne réussit pas. Quoique dégénérés, tâchons donc d'imiter les sublimes exemples de nos pères et de sortir du tripot malsain.

Qui met son âme dans sa bourse, sa maison ou sa terre, qui met l'espoir et l'effort de sa vie dans le gain ou la fortune, périt avec la déception par le désespoir et le suicide.

Les biens matériels sont quelque chose sans doute, — qui cherche à les nier ou à les mépriser? — Mais l'homme ne vit pas seulement de pain, a dit l'Évangile, il vit d'intelligence, d'amour et de vérité.

Il n'y a pas que des coffre-forts, des capitalistes, des capitaux et des marchandises. Il y a un Dieu, il a la femme, il y a le soleil, il y a la nature, il y a le printemps de 1862 qui s'annonce merveilleusement.

— Ne vous tuez donc pas!

Redoublons, redoublons de charité, de fraternité, de sympathie sociale. Qui sait combien de fatales réso lutions peut prévenir une main bienfaisante avancée à propos ! Qui sait combien de suicides sont empêchés par une poignée de main d'amis, un secours efficace, un sentiment cordial, un sourire de femme.

La chanson de Béranger a eu raison d'ouvrir le paradis aux deux sœurs de charité, à la sainte femme qui donne sa fortune aux pauvres, ses soins aux malades, son âme à Dieu, et à la Vénus aux formes splendides, à l'affectueuse Eve dont les baisers, les regards et les sourires célestes retiennent Adam enchaîné au rivage de la vie.

Les malheureux qui se tuent n'ont-ils donc pas un ami, un père, une mère, une sœur, une femme pour les aimer?

Et s'il n'est pas de tendresses féminines pour les consoler des heurts et des misères de leur existence, ne songent-ils pas qu'ils peuvent rencontrer le cœur sympathique d'un ami ou l'amour d'une femme au moment où ils vont se brûler la cervelle, se jeter à l'eau, s'asphyxier, se pendre, s'arseniquer, se chloroformiser ou se poignarder.

D'ailleurs, si le monde leur manque, Dieu et la nature ne leur manqueront jamais tant qu'ils conserveront l'espérance, bannie seulement de « l'Enfer » de Dante : « O vous qui entrez, plus d'espoir! » Mais avec le divin espoir resté au fond de la boîte de Pandore, plus de suicides!

II

Une grave question philosophique a été posée à propos du suicide. A-t-on le droit de se tuer ? Cette question prête tellement à la controverse que madame de Staël a dû écrire un mémoire contre le suicide pour se réfuter elle-même, car elle en avait fait l'apologie dans son ouvrage sur « l'Influence des passions », et que Rousseau, dans sa lettre de la « Nouvelle Héloïse », a pu persiffler et célébrer le suicide avec la même éloquence.

« Pourquoi serait-il permis de se faire couper la jambe, dit Rousseau, dans sa lettre « pour le suicide », s'il ne l'était pas de s'ôter la vie ? La volonté de Dieu ne nous a-t-elle pas également donné l'une et l'autre ? »

Malheureusement, Rousseau devait aussi interpréter un jour pour son propre compte la volonté divine. Accablé de dégoût, fatigué d'une vie de luttes et de déceptions, il succomba à la tentation et se tua d'un coup de pistolet au front.

« Le désespoir de Rousseau, — c'est madame de Staël qui parle, — fut causé par cette sombre mélancolie, par ce découragement de vivre qui peut saisir tous les hommes isolés, quelle que soit leur destinée, Son âme était flétrie par l'injustice ; il était effrayé d'être seul, de n'avoir pas un cœur auprès du sien, de n'inspirer ni de ressentir aucun intérêt, d'être indifférent à la gloire, lassé de son génie, tourmenté par le besoin d'aimer et le malheur de ne pas l'être. — Être deux dans le monde calme tant de frayeurs ! Les jugements des hommes et de Dieu même semblent moins à craindre alors. Rousseau s'est peut-être permis le suicide sans remords, parce qu'il se trouvait trop seul dans l'immensité de l'univers. On fait si peu de vide à ses propres yeux, quand on n'occupe pas de place dans un cœur qui nous survit, qu'il est possible de compter pour rien sa vie. Quoi ! l'auteur de « Julie » est mort pour n'avoir pas été aimé ! Un jour, dans ces sombres forêts, il s'est dit : — Je suis isolé sur la terre, je souffre, je suis malheureux, sans que mon existence serve à personne ; je puis mourir. »

Je ne suis pas de l'avis de madame de Staël, trop femme dans son appréciation des motifs du suicide de Rousseau. L'auteur « d'Emile » n'est pas un Werther dont le bras est armé par un désespoir d'amour ;

il aurait plutôt subi le mâle découragement, si je puis m'exprimer ainsi, d'un Caton trop fier pour survivre à la liberté. Rousseau las de vivre au milieu d'une société servile, et corrompue comme celle du dix-huitième siècle, devait se laisser aller sur la pente fatale du dégoût de la vie. Il y a eu un homme au commencement du dix-neuvième siècle qui a eu la malaria de « l'inutilité de l'existence » ; c'est M. de Senancour, il fait parler Obermann ainsi :

... « L'homme de bien ne quittera pas la vie tant qu'il pourra être utile. Être utile et être heureux sont pour lui une même chose. S'il souffre et qu'en même temps il fasse beaucoup de bien, il est plus satisfait que mécontent. Mais quand le mal qu'il éprouve est plus grand que le bien qu'il opère, il peut tout quitter. Il le devrait quand il est inutile et malheureux, s'il pouvait être assuré que sous ces deux rapports son sort ne changera pas. On lui a donné la vie sans son consentement, s'il était encore forcé de la garder, quel bien lui resterait-il ? Il peut aliéner ses autres droits, mais jamais celui-là ; sans ce dernier asile, sa dépendance est affreuse. Souffrir beaucoup pour être un peu utile, c'est une vertu qu'on peut conseiller dans la vie, mais non un devoir qu'on puisse prescrire à celui qui s'en retire. L'homme est souvent admis rable en supportant sa vie, mais ce n'est pas à dire qu'il y soit toujours obligé. »

Obermann est le chantre du découragement. — Là n'est pas la vérité. L'homme n'est jamais inutile en ce monde, et si l'on comprend à l'état d'exception des suicides comme ceux de Caton et de Rousseau fuyant dans un autre monde le servage et la corruption après avoir courageusement lutté ici-bas pour le triomphe du bien et de la liberté, on ne doit pas poser en principe l'inutilité de la lutte contre la douleur ou contre le sort. Ce qu'il y a de certain, c'est que jusqu'à un certain point, la société est responsable des suicides, car l'homme qui a la possession d'une destinée en rapport avec ses facultés, suivant la belle expression de madame de Staël, ne songe pas à s'en aller

Obermann n'a pas trop le droit de s'élever contre le suicide, puisqu'il s'est suicidé lui-même par sa désespérance absolue. On peut fort bien se suicider, sans prendre de poison ou se jeter à l'eau. Un individu démoralisé est déjà mort moralement; les principes de liberté et de justice qui le vivifiaient ayant été oblitérés en lui, il ne reste plus que son cadavre et sa guenille, fort peu de chose en vérité. Dans ce cas, il importe peu que ce cadavre tombe au fond de l'abîme ou se tienne debout quelque temps.

Presque toutes les âmes humaines qui ont glissé sur la pente du suicide ont commencé par la démoralisation, par l'oubli des vrais principes et du but de l'existence; aussi appellerons-nous plutôt l'attention des philosophes sur la « perte du sens moral », symptôme effrayant de notre temps, que sur les accidents violents, ceux-ci n'étant qu'une conséquence du trouble intellectuel. Les hommes d'aujourd'hui ont fort peu d'âme ; leurs instincts sont faussés; l'égoïsme les a envahis ; leur vue est troublée par de misérables passions. Pourquoi s'étonner qu'ils se débarrassent de la vie, quand il faut lutter sérieusement ?

Nous résumerons dans les quatre points nos considérations d'ordre moral sur ce triste et grave sujet : et nous dirons :

1° Que la furie des suicides comparable aux plus mauvais jours de l'antiquité dégénérée et commune à toutes les classes de la société prouve que le grand ressort moral de l'homme est détendu ;

2° Qu'il est temps de ramener notre époque dévoyée aux grands principes du droit et du devoir, au culte de l'idée, au sentiment de la responsabilité de l'homme à la maxime sainte de nos pères de 89 : « Fais ce que dois, advienne que pourra. »

3° Qu'il faut redoubler de charité, de fraternité, de

sympathie sociale pour arrêter les désespérés de la société dans l'abîme où ils se jettent à l'envie...

4° Que si nous n'étions pas voués au culte des intérêts matériels, si nous ne mettions pas notre âme dans notre bourse, si nous ne méprisions pas ce qu'il y a de bon et de beau dans la vie : l'intelligence, l'amour, les sympathies sociales, la liberté, le dévouement à autrui, nous ne nous tuerions pas avec cette frénésie idiote. Le suicide n'a rien à voir avec la raison, et n'est qu'un signe trop manifeste de d cadence morale.

FIN

TABLE DES MATIÈRES

12.669 — Abbeville, imp. R. Housse.

OUVRAGES DE BENJAMIN GASTINEAU

EN VENTE

Chez DENTU

LA VIE EN CHEMIN DE FER, romans du voyage. Un beau vol. in-12 . . . . 2 Fr.

Chez MICHEL LÉVY, rue Vivienne, 2 bis

LES FEMMES ET LES MŒURS DE L'ALGÉRIE. Un fort vol. in-18. . . . . 3 »

LES AMOURS DE MIRABEAU ET DE LA MARQUISE DE MONNIER, avec les lettres choisies de Mirabeau et de la marquise. Un vol. in-18 . . . . 3 »

Chez POULET-MALASSIS, 97, rue Richelieu

HISTOIRE DE LA FOLIE HUMAINE. Un vol. . . . . . 1 »

12,669 — Abbeville, imp. R. Housse.

www.ingramcontent.com/pod-product-compliance
Lightning Source LLC
Chambersburg PA
CBHW060844250626
47162CB00005B/2157

* 9 7 8 2 0 1 9 5 7 3 4 6 1 *